PESCADO

Para Joan y Jordi Lluch Tort.
Para Fiodor y Maixa Creus Rego.
Y para todos los niños que han venido de Rusia.

AGRADECIMIENTOS:

Pau Medrano, piscívoro, submarinista, diseñador gráfico y, sobre todo, buen amigo
Josep Sucarrats, periodista de pluma selecta
Maite Zudaire, excelente dietista
Pep Nogué, gastrónomo, cocinero y buen amigo

Primera edición: septiembre de 2006

Diseño:
Elisabeth Tort

Coordinación editorial:
Laura Espot

Dirección editorial:
Lara Toro

© Trinitat Gilbert, 2006, por el texto
© Mariona Cabassa, 2006, por las ilustraciones
© La Galera, SAU Editorial, 2006, por la edición en lengua castellana

Depósito Legal: B-33.496-2006
Impreso en la UE
ISBN: 84-246-2190-5

La Galera, SAU Editorial
Josep Pla, 95 – 08019 Barcelona
lagalera@grec.com
www.editorial-lagalera.com

EGEDSA
Roís de Corella, 16 – 08205 Sabadell

hoy toca

PESCADO

Texto de Trinitat Gilbert

Ilustraciones de Mariona Cabassa

laGalera

EN EL FONDO DEL MAR

En el mar hay diferentes
animales: peces, como los
tiburones y los atunes;
mamíferos, como los delfines,
y muchas otras especies.
También hay plantas
marinas y algas.

9

LOS PECES VIVEN EN TODO TIPO DE HÁBITATS ACUÁTICOS, TANTO DE AGUA DULCE COMO DE AGUA SALADA.

EN EL FONDO DE LOS RÍOS

En los ríos y en los lagos
también hay peces, como
las truchas, reptiles,
como las serpientes de agua,
y mamíferos, como las
nutrias. También hay
plantas y algas.

EL ORIGEN

¿Cómo era la Tierra hace miles y miles de años? ¿Fueron los peces los primeros que vivieron en ella?

Hace más de 3.000 millones de años aparecieron los primeros seres vivos, y más adelante los primeros grupos de invertebrados, es decir, animales que no tenían esqueleto interno.

LA TIERRA

Nuestro planeta se formó hace millones y millones de años. Al principio, la Tierra era una enorme bola de fuego en la que la vida era imposible. Poco a poco, esa bola de fuego se fue enfriando, hasta que alcanzó unas temperaturas más o menos suaves que permitieron la vida.

LOS PRIMEROS HABITANTES

Los peces fueron los primeros vertebrados que aparecieron en la historia de la vida de nuestro planeta.

Surgieron hace más de 450 millones de años y se extendieron por todos los medios acuáticos: las aguas dulces y las aguas saladas.

Estos primeros peces fueron evolucionando. Algunos desarrollaron unos pulmones primitivos que les permitieron respirar fuera del agua, y así se fueron desarrollando los demás vertebrados terrestres a lo largo de muchísimos años.

Casi todos los científicos están de acuerdo en que la evolución comenzó con los peces, y con el tiempo dio origen a los diversos vertebrados existentes, hasta llegar a los mamíferos.

Los peces fueron los primeros vertebrados de nuestro planeta. A partir de ellos nacieron los demás animales, incluidos los mamíferos. Actualmente podemos encontrar más de 20.000 especies diferentes de peces.

VERTEBRADOS

¿Qué es un animal vertebrado? ¿Todos los peces son iguales? ¿Cómo es su cuerpo? ¿Para qué sirven las aletas?

LOS HUESOS DE LOS PECES

Los peces son animales vertebrados, es decir, tienen huesos duros, generalmente delgados y puntiagudos. Estos huesos se llaman espinas. También hay peces, como los tiburones, que tienen el esqueleto hecho de cartílago.

La gran mayoría de los peces tiene el cuerpo alargado y cubierto de escamas, y unas extremidades en forma de aletas.

EL DESPLAZAMIENTO

La forma del cuerpo favorece la capacidad de desplazarse rápidamente por el agua. La forma delgada y aplanada de la cabeza, las aletas y la cola les permite nadar con más agilidad. La aleta de la cola se llama caudal. Con un golpe de esta aleta se impulsan hacia delante, y con las otras cambian de dirección.

LOS PECES QUE NADAN MUY RÁPIDAMENTE TIENEN EL CUERPO CON FORMA DE BALA.

LAS FORMAS DE LOS PECES

El cuerpo de los peces tiene formas muy diversas. Entre los peces que se mueven sobre la arena del fondo del mar, los hay que tienen el cuerpo aplanado y reposan de cara al suelo, como la raya y el rape, mientras que otros reposan sobre uno de sus costados, como el lenguado.

A los peces planos les encanta enterrarse en la arena y, como son tan planos, llegan a confundirse con ella. El lenguado, el gallo y el rodaballo son ejemplos de estos peces.

Hay peces que tienen forma de bala, como la sardina, el atún y la trucha. Son peces que nadan con mucha rapidez.

Y aún hay otras variedades de peces, como, por ejemplo, los que tienen forma de serpiente. Son el congrio, la anguila o la morena. Estos animales tienen un cuerpo alargado, muy similar al de las serpientes que se arrastran por tierra.

El lenguado es un pez "plano"

La anguila es un pez "serpiente"

La sardina es un pez "bala"

LA REPRODUCCIÓN

¿Cómo nacen los peces?
¿En qué época del año
nacen? ¿Qué quiere decir
animales de sangre fría?

ANIMALES OVÍPAROS

La mayoría de los peces
nace de huevos. La
hembra expulsa los óvulos en
el agua, donde el macho los
fecunda. Por lo tanto, decimos
que la fecundación es externa.
Para asegurar el éxito de la
reproducción, la hembra pone
miles de huevos, ya que
muchos de ellos serán
devorados por otros peces
o animales o se perderán.

De los huevos salen larvas
que después de un largo
proceso pasarán a convertirse
en peces adultos.

Algunos peces
acostumbran a criar
en una época determinada
del año; por ejemplo,
las truchas ponen sus
huevos durante los meses
de octubre y noviembre.

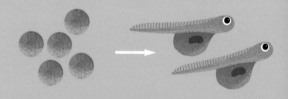

La metamorfosis es el
conjunto de cambios
que experimentan los
peces desde que salen
del huevo, en forma de
larva, hasta que llegan
al estado adulto.

Agalla

LA RESPIRACIÓN

La respiración de los peces es branquial, es decir, respiran por branquias, y así aprovechan el oxígeno disuelto en el agua. Por eso no pueden vivir fuera del agua. Si sacamos a un pez del agua durante un período relativamente largo, se muere.

Las anguilas pueden respirar fuera del agua durante un período de tiempo más o menos largo, porque tienen la piel recubierta de una mucosidad que las mantiene húmedas.

LA TEMPERATURA

Se dice que los peces son animales de sangre fría. La temperatura del cuerpo de los peces varía con la temperatura del lugar donde se encuentran, es decir, no tienen siempre la misma.

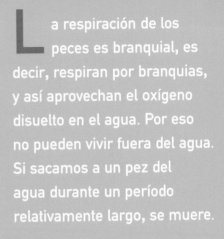

A TRAVÉS DE LAS BRANQUIAS, LOS PECES RESPIRAN EL OXÍGENO DISUELTO EN EL AGUA.

¿DÓNDE VIVEN Y QUÉ COMEN?

¿Todos los peces se alimentan de otros peces, es decir, son todos carnívoros? ¿Cuáles son los diferentes lugares del mar donde pueden vivir?

LA ALIMENTACIÓN

Muchos peces son carnívoros, es decir, se alimentan de otros peces más pequeños que ellos. Pero también los hay herbívoros que se alimentan de las plantas y de las algas del fondo marino. La mayoría de los peces combinan diferentes formas de alimento, según el lugar donde habitan.

HAY PECES CARNÍVOROS QUE SÓLO SE ALIMENTAN SI COMEN PECES MÁS PEQUEÑOS.

Los peces abisales han desarrollado órganos luminosos para ver en las profundidades.

PECES DE AGUA DULCE

Los peces de agua dulce viven en los ríos y los lagos. Las truchas suelen vivir en la parte alta de los ríos, donde el agua baja rápida y limpia. En el curso medio y bajo de los ríos hay más alimento y, por tanto, mayor cantidad de peces. Aquí encontramos los barbos, los bagres y las carpas.

PECES DE AGUA SALADA

Los peces de agua salada viven en el mar. Pueden ser diferentes, dependiendo de si viven a poca profundidad y cerca de la costa, como la sardina, o mar muy adentro, como el pez espada; en las rocas, como la morena, o en la arena, como el lenguado o a mucha profundidad, donde la oscuridad es total, como los peces abisales.

EL PEZ ESPADA PUEDE ALCANZAR LOS CUATRO METROS DE LONGITUD. ES UN PEZ MUY FUERTE Y RÁPIDO.

ANIMALES DEL MAR

¿Qué son los peces
de carne blanca?
¿y el pez de roca?

La caballa

EL COLOR DE LOS PECES

Los peces blancos son los
que tienen la carne
blanca, fina
y de gusto muy
suave. Son peces
blancos la merluza,
la barbada, el rape,
el lenguado, el bacalao,
el mújol y el gallo.

El rape

Los peces azules son los
que tienen la piel azulada
cuando están muy frescos.
Fijaos en la sardina, la
caballa, el boquerón, el atún,
el pez espada, etc.

También hay los peces de
roca. Son los que tienen la
carne muy compacta y muchas
espinas en su interior. La
escorpena y el cabracho son
algunos de los peces de roca
que nadan por nuestros mares.

La escorpena

**EL PESCADO AZUL TIENE TANTAS PROTEÍNAS
COMO UN BUEN FILETE DE TERNERA.**

EL MARISCO

Los mariscos no tienen espinas como los peces, pero sí un esqueleto exterior que parece una coraza. Los hay de diferentes tipos.

Los moluscos tienen el cuerpo protegido por una concha. Así ocurre, por ejemplo, con la almeja, el mejillón, la coquina o el caracol de mar. Otro tipo de moluscos son los cefalópodos. Los cefalópodos tienen el cuerpo como un saco. Es el caso del calamar, la sepia o el pulpo.

El mejillón

Los crustáceos tienen antenas y patas, y también un caparazón muy duro. Así ocurre, por ejemplo, con la langosta, el bogavante, la gamba o la cigala.

La gamba

Hay otros que tienen el cuerpo de forma tan singular que hay que llamarlos directamente por su propio nombre, como los erizos o los percebes.

La sepia

EL MARISCO TAMBIÉN TIENE UNA PROTECCIÓN O ESQUELETO EXTERIOR, ES COMO UNA ESPECIE DE CORAZA ÓSEA.

LA PESCA

¿Cómo se pescan los peces del mar? ¿Qué son las piscifactorías? ¿Todos los peces se pueden criar en piscifactorías?

LA PESCA

Es el arte de capturar peces y otros animales que viven en el mar, los ríos y los lagos.

LAS PISCIFACTORÍAS

Las piscifactorías o viveros son recintos cerrados con piscinas en las que se crían peces en unas condiciones de agua limpia y oxigenada, alimento adecuado, etc. Peces como la lubina o la dorada se crían en piscifactorías. Hay viveros en zonas de alta montaña en los que se crían truchas. Las langostas se capturan en el mar y se engordan en viveros.

La pesca, tanto en el río como en el mar, está controlada por las autoridades. Hay unos meses del año en los que hay que dejar crecer a los peces.

LA PESCA MARÍTIMA

La pesca marítima es la que se practica en el mar. Podemos distinguir dos tipos:

—Pesca de altura, que se practica lejos de la costa. Los barcos que se utilizan en ella son grandes y tienen instrumentos técnicos para detectar los bancos de peces, cuentan con instalaciones frigoríficas e incluso pueden llegar a congelar el pescado.

—Pesca de bajura, que se practica cerca de la costa. Las barcas son más bien pequeñas, y los métodos utilizados para pescar son tradicionales y más respetuosos con el medio.

LA PESCA FLUVIAL

La pesca fluvial se practica en ríos, lagos y estanques. Los instrumentos necesarios son una buena caña de pescar, un anzuelo y un cebo. El anzuelo es un pequeño gancho de acero que se ata al final de un hilo, y en él se clava el cebo, que puede ser un gusano u otro animal que atraiga a los peces.

LA PESCA SUBMARINA, SIEMPRE A PULMÓN LIBRE, TUVO SU ORIGEN EN LA PESCA DE OSTRAS.

LA CONSERVACIÓN DEL PESCADO

¿Cómo se conserva el pescado? ¿Cómo se puede saber si el pescado es fresco?

LA CONSERVACIÓN

Todos los alimentos se deben conservar en lugares frescos para evitar que se deterioren y para consumirlos con garantías. Hay muchos métodos de conservación del pescado.

El pescado es un alimento que se debe guardar en frío, ya sea con hielo o en grandes cámaras frigoríficas, para que no se eche a perder.

Los congeladores deben tener una temperatura interior de -18°C. Para descongelar el pescado hay que dejarlo en la nevera.

LOS MÉTODOS TRADICIONALES DE CONSERVACIÓN

Los métodos tradicionales de conservación son:

—La salazón. Se trata de cubrir con sal el alimento a conservar. La sal deshidrata el alimento, es decir, absorbe su agua y le quita la humedad. Así pasa con las anchoas.

—El secado. Simplemente, se deja al aire el pescado que se quiere secar, y así se reduce la humedad del alimento.

—El ahumado. Es otra manera de secar el pescado, que se deshidrata por la acción del humo como ocurre, por ejemplo, con el salmón.

LA CONGELACIÓN

Muchas veces, los peces que se pescan en alta mar se congelan en el mismo barco que los captura. Se trata de barcos muy preparados que tienen una tecnología muy avanzada.

La congelación somete al pescado a unas temperaturas muy bajas, por debajo de -18 °C. El frío impide que el alimento se estropee y ayuda a mantener todas sus propiedades. Además del pescado, hay muchísimos otros productos frescos que se congelan, como las verduras, la carne, etc.

EL PESCADO FRESCO LO PODEMOS CONSERVAR EN NUESTRO CONGELADOR HASTA CERCA DE TRES MESES.

¿DÓNDE SE VENDE?

¿Adónde se llevan los peces una vez pescados? ¿Qué es la lonja? ¿Dónde se venden?

LLEGADA AL PUERTO

Los pescadores salen a pescar casi a diario. Una vez han llenado sus redes, vuelven a puerto.

Los pescadores que practican la pesca de bajura suelen salir de madrugada y vuelven por la tarde. Por el contrario, los de altura pueden pasar meses en el mar.

LA SELECCIÓN

Antes de llegar a puerto se selecciona todo lo que se ha pescado, por tamaños, por tipo, etc. Luego se deposita todo el pescado en cajas.

No todos los peces se pueden pescar: está prohibido pescar peces que no tengan un determinado tamaño o que sean inmaduros.

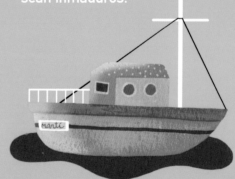

POR LO GENERAL, SÓLO SE PUEDEN PESCAR LOS PECES QUE MIDEN MÁS DE 9 CENTÍMETROS.

En los puestos, los pescados se colocan sobre hojas de col porque éstas son resistentes a la humedad, y así el pescado no entra en contacto directo con el hielo.

LA LONJA

La lonja es el lugar donde los pescadores llevan el pescado para venderlo y donde van los comerciantes o mayoristas a comprarlo. En la lonja los pescadores venden la pesca del día.

Generalmente, la venta se hace mediante una subasta. La subasta consiste en vender el pescado a la persona que ofrece más dinero.

LOS PUESTOS

Una vez vendido el pescado en la lonja, de ésta pasa a los puestos, que es donde lo podemos comprar.

En todas las plazas o mercados hay una zona de venta de pescado. En ella podemos encontrar puestos exclusivamente de marisco y moluscos, puestos de pescado fresco, puestos de pescado congelado, etc.

PESCADO FRESCO

¿Cómo podemos saber
si el pescado que hemos
comprado es fresco?

¿CÓMO HA DE ESTAR EL PESCADO EN LOS PUESTOS?

El pescado fresco se deteriora con mucha facilidad. Por lo tanto, es muy importante conservarlo bien y en lugares frescos. Cualquier alimento fresco se debe conservar en neveras.

En los puestos de las plazas, el pescado fresco se sitúa sobre una superficie inclinada y no porosa para facilitar la eliminación del agua. El pescado ha de estar recubierto de hielo.

EL PESCADO ES UNO DE LOS ALIMENTOS QUE PIERDE MÁS RÁPIDAMENTE SUS PROPIEDADES.

¿CÓMO PODEMOS SABER SI EL PESCADO ES FRESCO?

Cuando vamos a comprar pescado debemos fijarnos en el color, el olor y los ojos del pescado que queremos comprar y preguntar al pescadero de confianza.

La piel debe estar húmeda y brillante. Si está seca o brilla poco, es señal de que el pescado no es muy fresco.

El olor que desprenda debe ser agradable y con aromas a mar. Si el pescado huele mal, es que se ha echado a perder.

Las agallas deben tener un color rojo brillante.

Los ojos deben ser limpios, brillantes y saltones. Si el pescado tiene los ojos hundidos y empañados, no es muy fresco.

Algunos mariscos, como las cigalas, deben mover las antenas y las patas, y los moluscos deben estar abiertos y moverse y reaccionar, si los tocamos, cerrando la concha.

Los trucos para saber si el pescado es fresco o no consisten en mirarle los ojos, que deben ser brillantes; el color, que debe ser luminoso, y las agallas, que deben ser rojas.

CONSUMO Y SALUD

¿Cuántas veces a la semana hay que comer pescado? ¿Qué es el Omega-3? ¿Las espinas son beneficiosas para nuestro organismo?

E l pescado es uno de los alimentos más sanos que hay. Se podría hacer una larguísima lista de las cosas buenas que aporta al cuerpo. Por eso se recomienda comerlo tres o cuatro veces a la semana. De hecho, los médicos dicen que deberíamos comer más pescado que filetes de carne.

PROTEÍNAS Y MINERALES

U na de las principales propiedades del pescado es que tiene pocas grasas saturadas y que aporta muchas proteínas, que son las que nos ayudan a desarrollarnos y a crecer fuertes.

A demás, el pescado contiene minerales como el fósforo, el hierro y el yodo. Todos ellos ayudan a mantener el cerebro en forma, lo que nos permite tener más memoria o concentrarnos más.

LAS PROTEÍNAS DE LA CARNE Y LAS DEL PESCADO TIENEN EL MISMO VALOR NUTRITIVO.

OMEGA-3

Y aún más. Comer pescado también ayuda a tener un corazón fuerte. El pescado, principalmente el azul, como el atún, contiene un tipo de ácidos grasos llamados Omega-3. Estos ácidos grasos contribuyen a que el corazón se mantenga sano.

Así pues, el consumo de pescado es tan importante, que algunos científicos incluso han demostrado que los bebés alimentados con leche de madres que comen mucho pescado azul desarrollan un cerebro mayor que el de otros.

¿Y LAS ESPINAS?

También las espinas son beneficiosas para el cuerpo, pues contienen mucho calcio, más incluso que un vaso de leche, por lo que son muy beneficiosas para el crecimiento y el fortalecimiento de los huesos. El problema radica en que no es recomendable comerlas, porque nos las podemos clavar, salvo que sean muy pequeñas.

Las espinas de algunos pescados se pueden comer, y aportan tanto calcio como un vaso de leche.

CURIOSIDADES

NOMBRES DE PECES

Hay peces que tienen mil y un nombres. Las cintas (pez serpiente) son conocidas también con los nombres de cepolas y látigos. Las caballas (pescado azul) reciben los nombres de escombros y sardas. El rubio (pez de roca) es conocido también con los nombres de borracho, escacho y perlón.

También hay peces con nombres como los de animales terrestres:

araña, babosa, dragón, gato, gallo, lagarto.

Y otros de instrumentos musicales, como:

castañuela, guitarra, tambor, trompeta.

EL CAVIAR

El caviar es uno de los manjares más exquisitos y más caros del mundo. Pero, ¿qué es exactamente el caviar? Pues los huevos que lleva en su interior un pez hembra, concretamente, el esturión. Este pez vive sobre todo en los ríos de Rusia y de Irán, aunque desde hace años se ha aclimatado en viveros de España.

PINTURA DE PEZ

Antiguamente, los pintores utilizaban la tripa de los peces llamados lanzones para pintar y conseguir una especie de purpurina. También se utilizaba para pintar objetos de bisutería. Y es que la tripa de los lanzones tiene un color plata que los hombres aprovechaban de esta manera. Cuando los pintores no encontraban lanzones y necesitaban ese color, recurrían en ocasiones a las escamas de las sardinas, con las que conseguían un efecto muy similar al de la tripa de los lanzones. Esta práctica ya ha desaparecido, y los lanzones y las sardinas son unos de los pescados más sabrosos que se pueden comer, fritos o a la brasa.

EL GIGANTE DEL MAR

Las ballenas son gigantescos animales mamíferos que pueden superar los 25 metros de longitud. No respiran dentro del agua, y tienen que salir a la superficie para hacerlo. Pueden aguantar bajo el agua, sin respirar, hasta casi una hora.

Las ballenas duermen de una manera singular. A veces sacan media cabeza fuera del agua y dejan el cuerpo dentro de ella. Otras veces se colocan en medio de manadas de ballenas para dormir y para que sus compañeras las arrastren.

RECETAS

VOLOVANES rellenos de patas de cangrejo

INGREDIENTES PARA 4 PERSONAS:

4 volovanes de hojaldre
300 g de patas de
cangrejo cocidas
1 cebolla tierna
1 tomate
1 pimiento verde
1 pimiento rojo
1 dl de aceite de oliva
1 chorro de vinagre
sal

PREPARACIÓN:

1- Pelad la cebolla, escaldad y pelad el tomate y lavad los dos pimientos. Cortad las cuatro hortalizas a dados pequeños y ponedlos en un bol.

2- Picad las patas de cangrejo en trozos muy pequeños y añadidlos a las verduras.

3- Aliñad el conjunto con un pellizco de sal, unas gotas de vinagre y un generoso chorro de aceite oliva. Mezcladlo todo.

4- Rellenad los volovanes en el último momento.

BUÑUELOS DE BACALAO

INGREDIENTES PARA 10 PERSONAS:

250 g de bacalao
4 cucharadas soperas
de harina
4 cucharadas soperas
de leche
2 huevos
1 sobre de levadura
1 grano de ajo
perejil

PREPARACIÓN:

1 - Dejad el bacalao en remojo durante 24 horas. Secadlo bien, y luego desmigadlo.

2 - Montad las claras a punto de nieve. Mezclad el bacalao y las claras, siempre de arriba abajo.

3 - Picad el ajo y el perejil y añadidlos a la mezcla junto con el sobre de levadura, las cuatro cucharadas de harina y las de leche. Mezcladlo bien y dejadlo reposar 15 minutos antes de hacer los buñuelos.

4 - Calentad aceite en una sartén e id poniendo en él la masa de los buñuelos con ayuda de una cuchara.

CROQUETAS DE MERLUZA

INGREDIENTES PARA 10 PERSONAS:

500 ml de leche entera
75 g de mantequilla
125 g de harina
3 huevos
sal y pimienta blanca
nuez moscada
1 chorro de aceite
de oliva
1 cebolla mediana
450 g de merluza
pan rayado
aceite de oliva

PREPARACIÓN:

1- Rehogad la cebolla picada en una sartén con aceite, hasta que se dore. Añadid la merluza triturada. Reservadlo.

2- Para hacer la bechamel, fundid la mantequilla y, una vez fundida, añadidle la harina y dejad que cueza todo durante unos segundos. Incorporad la leche caliente poco a poco y removed sobre fuego suave.

3- Añadid a la bechamel la merluza, los huevos, la sal, la pimienta y la nuez moscada. Dejad que la masa repose.

4- Una vez que haya enfriado, dad forma a las croquetas y pasadlas por el huevo y el pan rayado. Freídlas en aceite de oliva.

PASTEL DE ATÚN

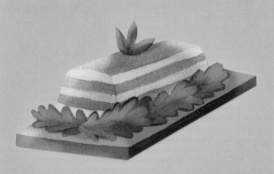

INGREDIENTES PARA 4 PERSONAS:

un molde de plum-cake
6 rebanadas de pan
de molde
3 latas pequeñas
de atún
3 tomates maduros
2 huevos duros
unas hojas de lechuga
papel de aluminio
un frasco de mayonesa
aceitunas rellenas
o sin hueso

PREPARACIÓN:

1 - Prensad con un rodillo cada una de las seis rebanadas de pan de molde.

2 - Poned en un bol el atún, el tomate troceado, los huevos también troceados y las hojas de lechuga. Mezcladlo bien.

3 - Forrad el molde con papel de aluminio. Poned dos rebanadas de pan en la base del molde, añadid una cucharada del relleno y extendedlo bien.

4 - Formad capas sucesivas de pan y relleno.

5 - Debéis acabar el pastel con pan de molde, y lo podéis cubrir con mayonesa y adornarlo con las aceitunas rellenas.

EL CUENTO DEL...
PESCADO

EL PECECILLO DE ORO

Un viejo y pobre pescador vivía con su mujer en una barraca a la orilla del mar.

Sólo tenían cuatro trastos por muebles, unos cuantos platos, una olla y una red tejida a mano por el mismo hombre.

Una mañana, como siempre lo hacía, el pescador caló la red.
De repente notó que pesaba muchísimo.
Muy contento, tiró de ella con todas sus fuerzas, convencido de que había conseguido una buena pesca; pero cuando la sacó del agua, ¡qué desengaño!, sólo vio un pececillo menudo que coleaba.
Ya lo iba a colocar en la cesta cuando le sorprendió el brillo metálico de sus escamas.

Cuando lo cogió, se admiró aún más de lo que pesaba.
¡Oh, era un pececillo de oro!

El pececillo se agitaba intentando escaparse, pero el pescador
lo pudo coger por fin y lo puso en la cesta.
Qué sorpresa tuvo cuando oyó una voz que le decía:
—Buen hombre, suéltame. Soy tan poca cosa que, muerto,
no tendrías ni para un bocado. Pero si me dejas libre te daré
lo que me pidas.

El que hablaba así era el pececillo.
El viejo pescador se quedó un rato pensando y contestó:
—Muy bien, pececillo de oro, ya eres libre.
Y dejó que se fuera.

Una vez en el agua, el pececillo sacó la cabeza y dijo:

—Si alguna vez me necesitas, ven aquí y llámame.

El buen hombre volvió satisfecho a la barraca y encontró
a su mujer en la puerta.

—¿Has pescado algo? —le preguntó enfurruñada.

—No, sólo un pececillo que se ha enredado en la red. Y, ¿sabes
qué? Me ha dicho que lo soltara y que me daría cuanto quisiera.

—¿Y qué le has pedido?

—Nada. ¿Qué quieres que le pidiera?

¿Que qué quiero? —se enfureció la mujer—. ¡Eres el hombre más
tonto que hay bajo la capa del cielo! Podías haberle pedido pan,
¿no te parece? ¿No ves que no tenemos nada para comer,
zoquete, cabeza de chorlito?

Tanto y tanto le dijo, que finalmente el buen hombre fue a la orilla
del mar y gritó:

—¡Pececillo de oro, buen pececillo de oro, ponte de cola al mar
y de cara a mí!

El pececillo sacó la cabeza y respondió:

—¿Qué quieres, pescador?

—¡Oh!, yo no quiero nada, pero mi mujer no para de pedirme pan.

—No te preocupes. Vuelve a casa y ya nunca te faltará.

Cuando llegó a casa, el hombre preguntó desde la puerta:

—¿Qué, mujer, tienes bastante pan?

—¿Pan? —gritó la mujer—. ¡Ahora tengo demasiado! ¡Tarugo,
tonto de capirote! Un barreño nuevo tendrías que haberle pedido.
Tengo el viejo cuarteado y no puedo lavar ni un hilo de ropa.
¡Venga, ya deberías estar en la playa!

El pescador se dirigió hacia la playa y volvió a gritar:

—¡Pececillo de oro, buen pececillo de oro, ponte de cola al mar
y de cara a mí!

—¿Qué quieres, buen pescador? —dijo el pececillo sacando la cabeza.

—Lo siento mucho, pececillo de oro, pero mi mujer quiere
un barreño nuevo.

—Vuelve a casa, que allí lo tendrás.

Cuando llegó a la barraca, el hombre vio a su mujer lanzando
pestes y centellas.

—¡Un barreño, un barreño! Y esta barraca, ¿qué? ¡No se tiene en pie
de vieja que es! Ya puedes ir volando a donde el pececillo de oro
y decirle que quieres una nueva.

El viejo, aturdido, volvió a la orilla del mar y dijo:

—¡Pececillo de oro, buen pececillo de oro,
ponte de cola al mar y de cara a mí!
Mi mujer quiere una casa nueva.

El pececillo salió del agua y dijo:

—Vuelve a casa, y allí la verás.

Así lo hizo el pescador, ¡y qué sorpresa!, la vieja barraca había desaparecido, y en su lugar había una nueva, grande y hermosa.

—¡Pánfilo! ¡Ya te despabilaré yo! —se puso a gritar la mujer en cuanto lo vio. Y lo perseguía a garrotazo limpio—. ¿Crees que quiero morir siendo la mujer de un pobre pescador? Ya puedes volver y decirle al pececillo de oro que quiero ser la gobernadora de la isla.

El pobre pescador volvió a la playa con el corazón en un puño y dijo:

—¡Pececillo de oro, buen pececillo de oro, ponte de cola al mar y de cara a mí!

—¿Qué quieres, buen pescador?

—Mi mujer se ha vuelto loca. Ahora quiere ser gobernadora.

—Bueno, vuelve a casa, reza todo lo que sepas y déjame hacer a mí.

El pescador dio media vuelta, y cuando llegó vio una casa
de tres pisos y con muchos criados.
Entró y vio a su mujer sentada en un sitial y repartiendo órdenes.
—Bueno, mujercita mía. Ahora ya puedes estar contenta, ¿no?
—¿Quién es este desgraciado que dice ser mi marido? —gritó
la mujer a los criados— ¡Encerradlo en la cuadra y dadle
una buena paliza!

Desde aquel día, el pobre hombre dormía sobre la paja, y durante
el día tenía que trabajar como barrendero.
—¡Qué mal bicho tengo por mujer! —rezongaba el infeliz—. Yo he
hecho por ella todo cuanto he podido y nunca he pedido nada para
mí, y así me lo paga...

Pero un buen día la mujer se cansó de ser gobernadora e hizo
que viniera su marido.
—Ya puedes ir inmediatamente a donde el pececillo de oro
y decirle que ahora quiero ser emperatriz —le ordenó.

El pobre hombre llegó a la playa temblando.
—¡Pececillo de oro, buen pececillo de oro, ponte de cola al mar
y de cara a mí!
—¿Qué quieres, pescador? —le preguntó el pececillo.
—¡Pobre de mí! Mi mujer se ha vuelto completamente loca:
¡ahora quiere ser emperatriz!
—No tiembles, pescador. Reza con fuerza y déjame hacer a mí.
Por el camino, el hombre iba cabizbajo y rezando. De pronto,

los ojos se le abrieron como unas naranjas. Un grandioso palacio se alzaba rodeado de jardines. Su mujer estaba allí, mirándolo desde un balcón.

Pero también se aburrió de ser emperatriz, e hizo que viniera el pescador:

—¡Escucha, viejo maldito! Vete y dile al pececillo que ahora quiero ser la reina, la diosa del mar, y que todos los peces me obedezcan.

—¿Qué dices? ¡Eso es imposible! —se alarmó el marido.

—Haz lo que te digo o mandaré que te corten la cabeza.

El infeliz pescador se dirigió abrumado hacia la playa:

—¡Pececillo de oro, buen pececillo de oro, ponte de cola al mar
y de cara a mí!

Gritó dos, tres veces, cada vez más fuerte.

Una ola gigantesca se levantó con fuerza, y entonces salió
el pececillo de oro:

—¿Qué quieres ahora, pescador?

—Pececillo de oro, buen pececillo de oro, ¿qué puedo hacer?
Mi mujer mandará que me corten la cabeza si no la haces
reina de los mares.

—Tú tienes la culpa de lo que te pasa, pescador. Has de tener
más carácter. Ni tú ni ella debéis mandar uno sobre el otro,
sino que debéis decidir las cosas entre los dos.

Y el pececillo desapareció bajo las aguas.

El pescador deshizo el camino y, cuando estaba a punto de llegar
a su casa, se quedó pasmado y con la boca abierta.
En lugar del palacio maravilloso volvía a ver la vieja barraca
con los cuatro pingajos.
Ante la puerta, sentada, su mujer cosía unos pantalones,
Y, por mucho que calaba la red, el pescador nunca más volvió
a pescar al pececillo de oro.

cuento ruso
Adaptación: M. Eulàlia Valeri

LUGARES PARA VISITAR

MUSEO DE LA PESCA de Palamós.
Aprenderéis muchas cosas sobre el pescado del Mediterráneo y las técnicas para pescarlo. Organiza salidas en barca de vela latina. Tel. 972 60 04 24. www.museudelapesca.org

MUSEO MARÍTIMO Ría de Bilbao.
Un completo museo sobre la historia y las actividades que se desarrollan en el puerto de Bilbao que trata también el tema de la pesca. Muelle Ramon de la Sota, 1. Tel. 902 13 10 00. www.museomaritimobilbao.org

MUSEO DE LAS CIENCIAS Y EL AGUA de Murcia.
Parte de su exposición permanente está dedicada a la fauna de los fondos marinos y fluviales. Organiza actividades para niños. Pl. de la Ciencia, 1. Tel. 968 21 19 98. www.cienciayagua.org

PESCATUR: Mar de las Islas Atlánticas de Pontevedra.
Cinco cofradías y una cooperativa de las Rías Baixas gallegas ofrecen la posibilidad de embarcarse con los pescadores. Turismo Rías Baixas. Pl. Santa María, s/n. Pontevedra. Tel. 986 84 62 90. www.riasbaixas.org